KB271433

나무못

# 나무못

2026년 2월 3일  초판 1쇄 인쇄 발행

**지은이**　　최만호
**펴낸이**　　박종래
**펴낸곳**　　도서출판 명성서림

**등록번호**　　301-2014-013
**주소**　　04625 서울시 중구 필동로 6 (2, 3층)
**대표전화**　　02)2277-2800
**팩스**　　02)2277-8945
**이메일**　　msprint8944@naver.com

**값** 10,000원
**ISBN** 979-11-7439-092-9

# 나 무 못

최만호 시집

도서출판 명성서림

　요즘은 시를 읽는 사람이 많지 않습니다. 더구나 시집을 구매하는 사람은 더 적습니다. 그럼에도 우리 사회는 아직도 시를 사랑하고 시를 통해 자아를 치유하는 사람들이 많습니다. 시가 소설보다 인기가 없는 것은 난해하다, 는 이유도 한몫합니다. 도대체 읽어도 무슨 뜻인지 알지 못하겠다, 무엇을 말하려고 하는지 도통 모르겠다고 호소하는 독자가 많습니다. 시를 쓰는 사람조차도 자신의 시가 무엇을 말하고 있는지 모르는 경우도 있습니다. 사람들이 시집을 구매하지 않는 이유도 그것 때문일지 모릅니다. 시의 주제와 내용이 부합되는 글을 쓰려고 노력했습니다. 난해함보다는 사람들의 가슴에 가 닿는 시를 쓰고자 했습니다. 가슴이 따뜻해지는 시, 마음을 열어주는 시를 쓰고자 했습니다. 그렇다고 시가 가진 난해성을 모두 극복하지는 못했습니다. 어떤 비평가는 시가 가진 본질은 난해성에 있다고 말하기도 합니다. 그러나 저는 난해성보다는 인간 감성에 귀 기울이는 그런 시를 쓰고 싶습니다.

2026년 2월

최 만 호

차례

# 지폐처럼

내리는 비에
온몸이 젖어도
당신은 그대로 값지다

복도 바닥에 뒹굴어
먼지로 뒤덮여도
당신은 그대로 값지다

쓰레기 매립장
온갖 오물과 뒤섞여도
당신은 그대로 값지다

구겨지고 더럽혀지고
짓밟히고 낡아가도
당신은 그대로 값지다

아, 어머니
당신은 그대로 값지다

# 나무못

나무못은 콘크리트 벽을 뚫지 못한다
뚫어진 나무의 몸속으로 들어갈 뿐이다
나무못은 뚫는 것이 아니라
박히는 것이다

철없는 나무못 하나
어머니 가슴에 짐승처럼 박혀있다

# 연탄을 갈며

구멍 사이로
태양처럼 솟는 불꽃
밑불은
어머니다

늦은 밤,
아궁이 속으로 연탄을 밀어 넣으시던 어머니
새로운 꽃을 피우려
스스로를 죽이신 날 얼마나 될까

밑불은
밑불은
우리를 있게 한
어머니다

# 아버지

당신처럼 살지 말라고 버릇처럼 말씀하셨지
음지에서도 피어나는 꽃이 있음을
살아온 날이 많을수록 삶에 대한 집착은 더하여지고
가질수록 허무해지는 모순을
명심보감 한 구절을 외듯 그렇게 말씀하셨지

강은 쉬 마르지 않아 바다로 이어지고
산은 산에 연하여 있어
하늘과 맞닿는다 말씀하셨지
산은 무너져 구릉이 되고
강바닥이 올라와 들을 이룬다 말씀하셨지

웅덩이 고인 물은 지나는 바람조차도
두려움의 대상이라고
봉천답奉天畓 가지신 당신은 말씀하셨지
눈이라도 흠뻑 내리는 날엔
푹 곤 사골국 드시고 싶다던 당신,
그립다

# 아버지·1

냉장고 속에서 더위를 모르고 자라난 혐기성 저온 세균의 냉정함, 납기 일이 지나버린 납세 고지서를 들고 절뚝거리는 마음의 끝을 눌러 근처 우체국 문을 들어섰을 때의 우울함으로 분위기에 휩쓸려 간, 쓸개 모두 빼주고 자존심마저 콘크리트 바닥 위에 여지없이 뭉개지던 날, 태양을 실은 수레는 먼 길을 돌아나간다

무청 엮어 매달던 아버지의 굵은 손마디 겨울날 받아온 성적표를 보시곤 발가벗겨 밖으로 내몰던 회초리 든 손이 지녔던 미래의 꿈은 냉장고 속에 잠들었을까 엮어 맨 시래기 얼었다 풀리며 곱다라니 말라 손으로 비비는 족족 사라진다

폭격 소리 공공연히 사람 애간장 녹이고 땅 파먹고 사는 것도 서러워 도망치듯 떠나온 북철원 고향 그리신 아버지, 가마솥에 물이 끓으면 마른 시래기가 아버지 굵은 손마디로 되살아났다

# 회귀回歸

거미집처럼 스산한 바람이 가슴을 통과할 땐
상상 익스프레스에 전화를 해요
이사를 가는 거냐고요? 아니, 아니에요
아이들이 싫어할 거예요
아내도 손사래를 치겠죠
그러니 가재도구는 필요치 않아요
두 눈을 가릴 안대 정도면 족하답니다
문득 스친 한 줌의 바람으로도 일상은
거미집처럼 흔들릴테니까요

아프리카 동쪽 마다가스카르는 어때요? 아니, 아니에요
아이들이 덥다고 난리칠 거예요
아내도 더운 건 못 참죠
땅에 머리를 박은 바오밥나무가
물구나무를 서겠다고 하면 곤란해요
사고思考는 뿌리 끝에서 나오는 게 아니잖아요

가문비 통기타 은은한 알래스카는 어때요?
「자연의 비밀 네트워크」*를 떠올리지 않아도
연어가 간직한 고향의 기억은
물살의 흐름 멈춘 곳에
새로이 태어날 겁니다
멀어져만 가던 아내의 발자국 가까워오고
아이들의 웃음소리 베갯머리를 넘어오면
서서히 모습을 되찾는 집, 집
이제 그만 안대를 벗고 강가로 나가봐야겠어요
연어가 산란을 시작했을지도 모르잖아요


* 페터 볼레벤의 자연의 윤회(輪迴)를 다룬 책

# 열꽃

코가 막히는지 사내는 연신 쿵쿵대며 입김이 묻어나
는 마스크를 벗는다 입 주위가 빨갛게 피어올랐다 코가
막힐 때 입이 있다는 건 얼마나 다행한 일인가 그래서
목숨은 질긴 것인가 사내는 휴지를 내어 고름을 짜내 듯
콧속의 이물질을 제거하지만 금세 채워지는 콧물이 다
시 그를 괴롭힌다 사내는 반항하듯 재채기를 한다 순간
하늘이 프레스 기계처럼 내려왔다 올라간다

여자가 세탁기의 버튼을 누른다 부풀리고 세탁하고
헹구고 탈수까지 버튼 하나로 이루어진 세상, 삐삐 경고
음을 내어 사랑을 확인받는 일까지 지난밤의 여자 같다
여자는 손가락으로 아이의 이름을 유리창에 쓴다 아이
는 밤새 열꽃을 피우다가 열꽃 향기에 잠들었다 아이의
숨소리, 심장 박동소리에 귀 기울이는 여자가 행복하다

아이는 꽃밭을 뛰논다 그것이 꽃인 줄도 모르고 꺾고
먹고 품안 가득 안는다 꽃은 밤새도록 활짝 피어 꽃향기
를 방안 가득 뿌리고는 아침이 되어서야 지고 말았다 아
이는 곤히 잠들었다 새근새근 꽃송이를 세며 엄마, 아빠
의 애타는 목소리를 뒤로하고 열꽃이 다 사라지기 전까
지 꽃송이를 세었다

# 줄에게 묻다

놓아버리고 싶었던 적 없었니?
줄에게 묻자,
줄이 느슨해진다

스파이더맨이 되고 싶었던 남자
외줄에 의지해
고층빌딩 유리창을 닦는다
유리창에 투영된
자신의 모습을 바라보는 남자
스파이더맨의 환상에 젖은 걸까
갑자기 줄을 늘여 추락한다
철렁, 내려앉는 건
보는 이의 가슴
정작 남자는 아무렇지도 않다는 듯,
내려간 곳에서
다시 유리창을 닦기 시작한다

추락은
줄을 다루는 자의 몫이 아닌
가슴을 쓸어내린 자의 몫이라는 걸,
팽팽해진 줄이
현絃으로 대답한다

# 종이의 단면

베이는 것은 살이 아니다
일종의 방심이다
날카롭지만 단단하지 않다는 이유로
실수를 반복하는 사람들의 손에
꽃잎 같은 흔적을 남기고 무뎌지는
나무칼이다

부딪히고 사라지는 파도가
포말로 부서지지 않는다면
어찌 기록으로 남을 수 있을까
검은 숲의 사악함과
천년의 목향木香이 만나 이룬
애증愛憎의 날이다

# 암실에서

뱀의 체온으로 세상을 감촉한다
가습기가 없어도 충분히 눅눅한 곳
태양면폭발도 미치지 않아
혐기성 저온 세균이 들끓는 곳
공포는 말초신경을 자극해
남성男性을 토해낸다

관성의 법칙도 통하지 않는 미로 속
스위치를 찾는 파장 큰 심장 하나
갑상선 호르몬의 과다 분비로
얼굴이 달아오른 수꽹이처럼
어둠을 쫓는 질주의 흔적은
흥분된 입맞춤으로도 깨어나지 않는
잠 속에 빠져든다, 정적에
돌을 던져 맞서려는 남자
손을 뻗으면 뭉클 추억이 만져질 듯하다

# 순장殉葬

열여섯 처녀인 몸으로 나는
당신과 입맞춤 한 번 한 적 없는데
사람들은 나를 묶어 당신 곁에 두려합니다
당신 앞에 옷고름 풀어 맨 적 없고
눈웃음 한 번 흘린 적 없는데
당신을 따라가라니요?

고분古墳 끝에 걸린 달이
당신인 줄 알고
곱게 분단장한 몸으로
사람들에 이끌려 당신을 따라갑니다
당신의 차가운 입술은 어디 있나요?
순결은 닿는 곳 없이 초라한데
당신의 위엄은 돌보다 차요

당신을 따라 고분 속으로 들어가던 날,
비님은 오시지 않고
천둥소리만 요란했어요
희미한 의식 속에 들려오는
어머니의 울음소리마저
어둠에 짓눌려 흩어집니다

단장한 옷소매에
지하의 흙물이 흐르고
손을 뻗으면 뻗을수록 멀어지는 지상의 소리
경외는 사라지고
공포와 원망만이
당신을 나타내는 징표입니다

어둠 속으로 나는 던져졌어요
열다섯 처녀인 몸으로
가슴에는 지하의 흙물이 흐르고
어둠만이 내 순결을 탐닉하오

# 기러기

안개 속으로 희미한 세상이 눈뜨는
아직 어둠이 다하지 않은 신新새벽
귀향歸鄕은 시작된다
도심 고층 아파트 좁다란 하늘을
졸도한 새끼를 안고
기관지를 앓는 기러기의 무리
활대 같은 모습으로
간이 포장마차 즐비한 하수구 밑
기름 덩어리 내川를 이루는
퇴적층에 부리를 박는다
서西에서 동東으로
남南에서 북北으로
도시와 도시를 잇는 새로 난
오르막 차선 위
짐 실은 화물차의 푸념 같은
메마른 날개짓으로
가파른 위도緯度를 넘는다
상상 익스프레스에 몸을 맡기면
마우스 버튼 하나로
빠르게 사라지는 풍경

강바닥은 슬러지로 가득차고
차돌처럼 굳어진 새의 주검은
또 다른 도시에 침몰한다

# 가뭄

아! 숨이 막혀

물 밖으로 고개를 내밀던
물고기들이
기어이,
땅 위로 뛰어오른다

# 새

새로운 주인을 만나던 날
새는
보다 좁은 감옥에 갇히었다
아파트 베란다
두꺼운 유리창이 아니라도
새는
자신을 둘러싼 쇠창살을 뚫고
주벽 너머에 있을
위태한 자유를 위해
날아오를 엄두조차 내지 못한다
얼굴이 붉어지고 부리가 뒤틀려도
세상은 고개 돌려
자신을 보려 하지 않는다
퇴근길,
쓴 소주 한 잔 퍼붓고 나면
옅은 흥분은 사라지고
더 튼튼한 새장 속에
새는 잠들고 만다

# 목어木魚

거칠한 피부에
눈물이 남아있지 않은 눈은
바닥을 드러낸 저수지 마냥 황량하다
봉은사 대웅전 앞마당
욕망을 비워내듯 내장을 비워낸
목어 한 마리
낮게 공중을 날고 있다

골짝을 굴러 내리던 바람
가볍게 목어를 흔들면
나도 따라 흔들린다
등줄기부터 금이 가기 시작한
천년의 번뇌를 벗어던진
깡마른 목어 한 마리
더 비워낼 무엇이 있기에
세월의 비늘을
꽃잎처럼 날린다

# 어느 겨울날에

밤새 고양이가 할퀴고 간 흔적이 곳곳에 남아있다
두꺼운 외투를 걸친 듯 거북한 몸을
웅크리고도 모자라 돌아 누워버린
낡은 계절이 골목을 떠돌고 있다
언덕배기 화물차의 바퀴를 움켜쥔 벽돌 하나,
밤새도록 구르고 싶은 충동을 어떻게 참았을까
벽돌에 내린 눈이 표정을 덮고 있다

담아도, 담아도 채워지지 않는 깨진 그릇 같은 가슴
썩은 뿌리 끝에서 나오는 진액이 다 사라질 때까지
나무는 마르지 않고 마르면서 더 오랜 기억 속으로 아
련해지는
그리움 하나 차창에 어린다
과자 한 봉지, 껌 하나라도 괜찮은데 사람들은
대형마트로, 백화점으로만 몰려가고
꿈이 뭐 거기만 있나? 투덜거리듯
구멍가게 앞 가로등이 심하게 깜빡거린다

# 너에게

넌 알까
내가 다시 네 앞에 서기 위해
마음의 껍질을
고통스럽게 벗겨내고 있음을
너에 대하여
세상에 대하여
떳떳할 수 있게 되기까지
각질의 껍질을 벗겨내고 있음은
가시로 심장을 찌르는 것보다
아름다운 고통이란 걸
웃고 있는 넌 알까
네 앞에 다시 설 수 있다면
응고된 피를
심장 가득 안고 살아도
나는 괜찮다

# 예미역에서

네잎 크로바를 찾는 일도 희망을 만드는 일이다
네잎 크로바 입장에서 보면
슬픈 변종일 테지만
아랑곳없이 눈동자를 바삐 굴리는 나도
인간 변종일지 모른다
예미역엔
대부분이 제조 전의 무연탄을 싣고 달리는
아무리 손을 들어도 서지 않는
무개화차가 전부이지만
오늘도 나는
하늘 높이 날고 싶은 꿈
실어만 보낸다

# 코스모스

사람이 사람을 그리워하는데
그 무슨 까닭이 있을까 보냐
한 번쯤 모든 것을 접어두고
길을 떠나보자
그리운 사람을 찾아서…,

코스모스 줄지어 핀
가을 들길에 서 보면
꽃모 한 움큼 움켜쥐고
까까머리 친구와
꽃모종 내던 일
생각 나온다

피지도 못하고
시들어 버릴 것이 두려워
물을 주고 북을 드리던
나의 친구는
지금도 어드메서
사랑의 꽃 심고 있을까

사람이 사람을 사랑하는데
그 무슨 이유가 있을까 보냐
한 번쯤 모든 것을 뒤로하고
길을 나서보자
사랑의 사람을 찾아서…,

# 중환자실에서

아침이 오기 전,
그의 폐부는 끓고 있다
벤틸레이터로 들이켠 숨이 온몸을 돌아
심실로 회귀할 때까지
혈류血流는 나무늘보 같다
고체화되기 전에
어디라도 주물러야 한다는 걸
의식의 우물 속,
산소 한 줌 던져주어야 한다는 걸
깜빡이는 게이지 모니터는 말하고 있는 것일까

주행거리를 뛰어넘은 엔진오일처럼
한때는 젊음을 움켜쥐었을 그의 혈관血管은
오래된 관습처럼 낡았다
심실의 크기를 조절하거나
끝없이 팽창하는 압력에 맞서
심장박동수를 조절하는 누름돌 같은 삶의 무게는
낮은 톤의 억양으로 침잠沈潛하고,
마지막 인연의 끈마저 놓으라는 듯
입가에 서린 김이
그의 기억을 덮어간다

움켜쥔 손끝의 기억들
맥없이 풀리는 아침,
느린 화면의 게이지 모니터만이
귀를 기울여도 들을 수 없는
그의 유언을 전하고 있다

# 맹인의 나라

　여기는 손의 촉감이 눈이 되는 나라입니다 기쁨도 어둠이고 아픔도 어둠이고 희망도 어둠인 나라입니다 아니 희망이 빛인 나라입니다 불을 켜지 마세요 일그러진 얼굴이 보일 뿐입니다

　당신의 목소리를 들려주세요 목소리로 나는 당신을 봅니다 목소리로 다가온 당신을 느낍니다 며칠 전, 여학생 한 명이 거울 앞에 섰다가 추방되었습니다 얼굴을 보려고 불을 켰기 때문입니다 화장한 제 모습을 보고 싶었던 게지요

　성능 좋은 망원경이나, 높은 도수의 안경도 도움이 되지 않습니다 오직 손의 촉감과 목소리로만 당신을 봅니다 불을 켜지 마세요!

# 토마토와 바다

토마토의 색깔을 말할 때, 사람들은 짙은 주황색이나 빨간색 정도로 표현하고 말지요. 그것은 자신에게 가장 친숙한 모습으로 토마토의 색깔이 가슴속에 자리잡고 있기 때문입니다 사람들은 익지 않은 푸른빛의 토마토 는 영 마음에 들지 않습니다 그래서 토마토는 토마토일 뿐, 그 속에서 바다를 말할 수 없습니다 슬픔을, 기쁨을 표현할 때 사람들은 눈물을, 웃음을 말하지만 한 단계 를 넘어서면 그것은 공허로운 웃음이 되고 환희의 눈물 이 됩니다

바람이 구름을 몰아옵니다 토마토가 가득 심겨진 밭 에선 농부가 분주히 움직입니다 이윽고 비가 내리기 시 작합니다 작은 물방울들이 토마토 잎사귀 위에서 춤을 춥니다 그러나 그것만으로는 부족하지요 더 필요한 무 언가가 있어야 합니다 비 그칠 때쯤 세상 한쪽을 슬몃 들어 올려 물빛 하늘과 토마토 푸른 숲이 만나는 순간 파도가 일고 농부는 고기 낚는 어부가 됩니다

# 노을이 있는 풍경

산 그림자
교회 첨탑 꼭대기
피뢰침에 몸이 찔리면
서쪽 하늘에
붉디붉은 피가 고였다

메밀밭에선
바람과 옷깃들이 작별 인사를 하고
농로를 걸어오는 아버지의 등 뒤로
어스름 병풍이
두레박처럼 내려오고 있었다

여울목에 피라미 떼
물을 차고 오르면
노총각 덕수 형은
푸-푸! 황소처럼 물을 들이켜며
이리저리 방안만 서성거렸다

나그네 머물다간 자리
저무는 해그림자
뜰 위에 어른어른 그리움 놓고 가면
풀벌레 소리 앞마당까지 다가와
어머니는 흥얼흥얼 저녁 소반을 차렸다

# 비가 오면

비가 오면
물비린내가 난다

공중을 떠돌던
영혼의 내려앉음일까
길 위에
들판에
떨어지는 빗방울
물비린내가 난다

눈을 감아도
코를 막아도
가시지 않는 물비린내
비가 오면
네 영혼의 물비린내가 난다

# 사월四月에

새로이 시작하는 생명이 있다
보아라, 때 묻지 않은 영혼을
무슨 죄罪가 있어
이 슬픈 만남을 이뤄내는가

가장 평범함이
가장 아름다운 진리임을 모르는 까닭에
샛길에 선 오동나무
고결한 숨결에 눕는다

아지랑이 지붕 위를 산보散步하고
공간에 저린 금붕어의 몸놀림
분주하기만 한
사월四月의 오후

삶을
슬픔과 아픔과 비정이 만나 이룬
서글픈 계약이라 하지 말자
이제 막 시작하는 생명이 있지 않느냐

# 우문愚問

이른 봄날,
새벽안개를 뚫고
달려온 죽음이 유족들과
마지막 이별을 준비하는 동안,
납골당 칸칸이 들어찬 죽음 곁으로
발걸음을 옮기다, 문득
사연 없는 죽음이 있을까요?
인사를 건네며 안내원에게 묻는다

그런 죽음이 어디 있답디까?
고개를 젓는 안내원 너머로
오열하는 유족들이
사연을 대신 전하고 있다

# 소나기

　폭염주의보가 내려진 도시의 오후 골목마다 주름 잡히듯 타오르는 열기는 목마른 짐승처럼 모든 출구를 열어 놓았다 이곳에서의 하루는 연주하듯 눌러대는 자동차 경적 소리와 굴뚝보다 작은 배기통에서 뿜어지는 매연, 콘크리트 숲속에서 호흡기를 앓는 사내가 수돗가에 머리를 박고 있다 키재기를 하듯 담장 위로 올라온 호박 덩굴이 가시 철망 사이로 포복을 하듯 영역을 넓혀가고, 북문시장 한편엔 혀를 빼물고 죽은 개 옆에 푸들이 숨을 헐떡이며 앉아있다 노점상 노파는 목줄기에 흐르는 땀을 무의식중에 닦으며 졸고, 정점에 달한 사내가 몸에 물을 붓는다. 쏴-아 쏟아지는 폭포수, 사내의 몸이 잠시 떨린다

　희뿌연 도시의 하늘에 먹구름이 밀려온다 각종 공해에 시달리는 호흡기들의 울렁거림을 씻어내기라도 하려는 듯 하늘은 땅 가까이 내려와 괴음을 토한다 놀란 골목 상인들이 벌려놓은 좌판을 서둘러 걷는다 여기에서도 창은 열려있다 사내는 연신 콜록대며 집안 구석구석을 둘러본다 하늘은 촉촉한 입술을 내밀어 땅과 입맞춤한다

# 외사랑

마음은 늘 길을 앞질러 걷는다
아무도 나의 아픔을 돌아보지 않기에
이른 아침 신발 끈 질끈 동여매고
산을 오른다
앞서간 사람의 흔적은 찾을 수 없고
따라오는 발자국 쿵쿵 심장을 울리는데
나는 멈출 수 없는 곳에서 울음을 터뜨린다
이것은 분忿이 아니다
마음은 늘 너에게로 달려가고 있는데
주춤 멈추어선 것은 벽壁 때문이 아니다
또 다른 이름의 사랑이다
어디든 너의 모습은 남아있어
항상 너를 느낄 수 있지만
흐린 날 먹구름처럼 쉽게 흘러가 버리고 말아
가슴은 요동치는 화산처럼
태워버리고 말라버리고
사막의 모래성처럼 흩어져
오아시스에서 솟구치는 생명 의지를
무색하게 하고 나는
음률도 없는 둔탁한 목소리로

아무도 듣는 이 없는 사랑의 노래
애태워 부르리라
이 세상 끝나는 날까지
그대의 이름 부르다 죽으리라

# 산을 오르며

-서정리 뒷산 국유림에 임도가 나다
돈이 된다고 돈을 들여 하늘로 오르는 길을 내다-


목줄이 타는 신음하는 도시를 보았는가
공해의 끈은 끝없이 이어져 하늘에 닿아 있었지
사람들은 산을 가꾼다는 구실로
나무를 베어낸 자리에 길을 만들고
땅 위에 무엇도 돋아나올 수 없는 옷을
두꺼운 옷을 입혀 나갔지
숨이 턱까지 차오르고
발목에 쇠를 단 느낌을 산도 받고 있을까
산허리에 안개는 붕대처럼 감겨있다


물로 씻어내고
사포로 갈아내도
어찌할 수 없는 저 테두리는
우리를 가두는 또 다른 감옥인가
새장 속의 새는
날아가지 않고 도시를 지키는데
산사山寺의 굴뚝 연기보다 더 짙은 매연을

입으로 코로 들이마시며
몸에 거대한 퇴적층을 만들어 간다
모두를 저버릴 수 있음은
자신을 죽이는 것 만큼 어려움을
콘크리트 신축 건물이 어울리지 않게 들어선
산사는 말하고 있는 것일까

# 냉이꽃

동지冬至에도 냉이꽃이 피게 하소서
그것이 내일을 꿈꾸는 하루살이의 욕심 같은 것일지라도
당신의 창틀에 우리의 아름다운 무덤 만들게 하소서
불변의 것은 없나니,
당신 향한 사랑 노래도
어느 추조秋朝에 변색 되어 떨어지는 낙엽처럼
도로변 바람에 휩쓸리나니
의기소침한 날엔 꿈도 현실이었으면 하는 날이 있다

꽃들은 땅속에 생명을 숨기고 사라졌을까
소말리아 암소 같은 마른 대공만
눈 속에 빼꼼 고개를 내밀고 있다
각질의 껍질 속에 생명의 힘이 존재한다는 것은
거만한 태양의 힘이거나
모래사막의 와디 같은 것일까
땅을 디디고 사는 것도 건강을 돌보는 일임을
콘크리트 무덤 속에 미로를 만들고 있는 사람은 알까
이른 아침, 거친 호흡의 사내들이 이삿짐을 나른다
평수가 작다고 사람들은 떠나가는데
떠나는 사람들 뒤로하고 아내가 우울하다
아내의 봄은 어디쯤 와 있는 것일까

# 업業

들쥐 잡아먹은 뱀 한 마리
햇빛을 찾아 등산로에 나와 있다
몸을 길게 늘어뜨리고
머리에서 꼬리까지 햇빛을 모으고 있다
등산객이 보고 흠칫 놀라
뒷걸음질 치며 한 마디 내뱉는다
놀랬잖아, 뱀 새끼
콩알만 해진 가슴으로
용기를 내 쌍소리를 퍼붓는다
저 사람 왜 저래. 배고픈가?
몸을 당겨 머리를 들어 올린 뱀이
메롱 하다가
굴속으로 들어가자,
등산객이 나뭇가지를 꺾어
굴속을 마구 찔러댄다
놀랬잖아, 뱀 새끼!

# 고속도로 위에서의 몽상

목숨은 옛날이야기 속 썩은 동아줄에 매달렸다
고속도로 위 180$km$를 육박하는 자동차 안에선
호랑이의 식욕과는 상관없는 말들이 오간다
아마추어 스턴트맨의 모험심은
생방송 무대 위에 빠르게 올려진다
호랑이의 등장이 없어도 이야기는 시작되고
배기통 밖으로 쏟아지는 탄성
머리 위로 차오른다
온도계 눈금이 두 단계쯤 오르면
머리 위의 별빛이 다 내리기 전에
가물해지는 타다 남은 의식의 잔해殘骸
마지막 남은 선혈鮮血을 불사른다
긴급 전화박스에서 들려오는 낯선 음성
경광등 불빛에 눈은 멀고
하늘은 사부자기 동아줄을 내린다

짝을 찾는 장끼의 마음은 십년쯤 터울졌다
알딸딸함에 수고로운 언사言辭를 반복할 때도
고개를 들지 못했었다
무언가 채워지지 않는 것이 외로움이라면
그것이 전부인 줄 알았다
태양을 가린 것이 구름뿐이랴
어느 때 구름을 삼키는 바람 있어
유리창에 금이 가듯 이별 뽐내는 익지 않은 사랑은
오아시스에서 솟구치는 생명 의지를 겁탈하고
속박이 터진 틈새로 쏟아지는 네온 불빛에
도시는 야반도주夜半逃走를 꿈꾼다

# 대청호를 바라보며

물결치는 대청호를 바라보고 있네
잔잔한 호수에 물결이 일기는 참으로 오랜만이지
고통을 숨기고 자라는 암세포처럼
몸살을 앓던 대청호가
한 달째 계속되는 빗줄기로
몸속의 울분을 터뜨렸다네
하늘과 닮은꼴이던 대청호를
각진 풍요에 대한 반감으로
황톳빛으로 물결치게 했다네

나무들은 수심水深에 맞춰 키 재기를 하고
새들의 바른 날개짓을 위해
기꺼이 명경明鏡이 되어주던 대청호가
참으로 오랜만에 반란을 일으켰다네
수장水葬된 가구의 영혼을 불러
로렐라이의 부활을 꿈꾸는 걸까
강폭은 넓어져 의식을 아우르고
강바닥에 침전한 그리움을
떠오르게 했다네

침묵으로 아픔을 삼키던 대청호가
참으로 오랜만에 말문을 열었지
그 육중한 고뇌의 역사를 황톳빛 수면 위에 펼치고
젖은 날개짓 같은 울분을 터뜨렸지
지금 범람하는 대청호를 바라보고 있네
수많은 생명의 씨를 가슴속에 품고
흘러오는 물, 흘러가는 물에 생명을 키우던
어머니의 탯줄 같은 대청호여!
그 황톳빛 분노를 잠재우려
자연의 법칙을 배우는 중이네

# 원룸에서

웅크리고도 모자라 돌아눕는
옷 몇 가지를 널면 꽉 차는 공간에
엉거주춤한 자세로
탈수기가 하수구에 꼬리를 묻고 있다
공중부양 하듯 떠 있는 플라스틱 화분엔
공간에 저려오는 마디를 붙잡은
고구마 줄기가 바닥까지 길게 자라고
암수 한 몸처럼 붙은 거실과 방이
서로의 영역을 침범하고 있다

아무렇게나 벗어 던진 옷가지들이
싱글침대 위에 뒹굴고
곧바로 탈수기로 향하기엔
향수냄새, 담배냄새, 땀 냄새가
뒤엉켜 뒤집힌 속을 뒤집는다

외국산 상표가 붙은 담배갑이 놓인
작은 식탁엔 혼밥의 흔적이
공허하게 남아
헷세의 '이 고독한 밤을 위하여'를
짙은 모카커피 향이 배인 머그잔 속으로
깊게 빨아들이고 있다

# 육교 위에서

죽음을 내몰려는 사람과
죽음에 이르려는 사람의
다툼이 있던 날,
하늘 아래 놓인
육교 위에는
찰거머리처럼
떨어질 줄도 모르고
놓을 줄도 모르는 인정人情이
삶의 끄트머리를
부여잡고 있었다

오는데
여름은 오는데
타는 듯 무더운데
죽음에 이르려는 사람의 억지와
죽음을 내몰려는 사람의 용기가
뒤엉켜 돈다

육교 위에는
어린이의 눈빛이
송홧가루 뒤집어 쓴
자동차의 질주로 흔들거린다

학교 앞 육교 위에는…,

# 민들레 홀씨

봄에
가만 보니
꽃대가 흔들린다

창문 틈에 떨어진
민들레 홀씨 하나,
어느새 싹이 터
가는 뿌리를 먼지 속에 박고는
집안에서 들려오는 말소리에
귀 쫑긋 세우고
엿듣고 있다

황사黃砂에 온몸이 흔들릴 때도
마음만은 흔들리지 않았어라
새벽이슬로 잠깐 목 축이는 것으로는
몸 뒤틀리는 갈증을
벗어날 수 없어
창문 너머로
눈길을 돌릴 때도 있었지만
정녕 가슴은 흔들리지 않았어라

이파리 사이로
꽃대가 솟고
꽃대 위에 하얀 꿈들이
몽우리 몽우리진다
– 자! 이제 떠날 시간이다
민들레 홀씨들이 날아가며
건물을 흔들고 있다

# 까치밥 론論

늦가을 떨어질 자유조차 없는 나는
추락의 아찔함도 경험하지 못한
제물祭物로 바쳐지는 처녀다
사과나무 아래 사고思考하는 뉴튼도 없고
수분을 착취당해 더 이상 다이어트 효과를
기대할 수 없는 물관부는
말라버린 가지처럼 움츠러든다
할배는 좀더 손을 뻗지 않았을까 원망도 해보지만
물컹한 몸이 아서라 고개를 젓는다
어여, 오너라. 새들아!
초상初霜이 내리는 날
내 몸을 유린해 따스한 겨울을 맞으라
내 몸의 씨는 땅으로 돌리고
달콤한 몸뚱이만 가져라 그리하여,
언덕이 내려다보이는 야산이어도 좋고
들녘이 바라다보이는 길의 끝이어도 좋을
다시금 나를 서게 하라
사람들 북적대는 재래시장 한편에서도
비좁은 구멍가게 앞 초라한 진열대 위에서도
자유를 만끽하라
온대기후의 풍요를 느껴라

바람이 유혹하며 빈 가지 사이를 지난다
하늘도 땅도 둥근 너를 닮았거니
여름은 성대히 너를 떠받쳤노라 속삭인다
어여, 오너라. 새들아!
바람의 유혹을 받아들이기 전에
식도정맥이 터지듯 명命이 다하기 전에
애욕의 첫날밤을 맞이하기 전에
내 순결을 탐닉하라
석유 냄새 가득한 아스팔트 공사장에서도
지하철역 차가운 콘크리트 바닥에서도
성하盛夏의 열기를 느껴라
지친 계절에 불을 지펴라
콕콕 쪼아대는 나의 살갗이
붉은 고통으로 피어나거든
동료들의 가슴에 향기로 전해다오, 그리하여
멸시와 억압이
부당함과 불신이
눈 못 뜨게 하라
항상 높은 곳을 향하게 하라

잔을 들자
제물로 바쳐지는 너를 위해서가 아니라
살아남은 자의 내일을 위해
축배를 들자
어여, 오너라. 새들아!
홀로 너를 기다리는 마음은
팔려온 신부처럼 외롭구나
분칠한 얼굴조차 북받치는 설움 감추지 못해
분홍빛 울음 우는고야
절기節氣의 끝을 붙잡고
혹여 설 자리를 정하지 못해
떠도는 씨앗들을 위해
내 몸에 기름을 부어다오
지친 영혼에 불을 질러다오, 그리하여
북풍이 몰아치는 시베리아 벌판에서도
바람막이 하나 없는 폭풍 언덕에서도
철문 닫히듯 언 강바닥에서도
쿵쿵 뛰는 심장의 고동소리 듣게 하라
언 땅 녹이고 영혼 달래어
동토凍土에 푸른 싹 틔우게 하라

# 허수아비

-서 있기만 하여도 제 할 일 다 해낼 수 있다-
자랑스레 떠들어 대어도
실상은 겉껍데기 찬란한
허상이 아니더뇨


비에 얼룩지고
바랑에 쏠려가는
결국 양심마저도 내팽개친
빈 깡통 속 노화된 오물이 아니더뇨


비 맞으며 자연에 항거하는 운명은
이곳저곳 손가락질 그 짨인들,
이대로 버린다고 무엇이 아까우랴
伴侶가 없다한들 무엇이 아쉬우랴

# 태양을 보는 남자

태양은 늘 거기 있는데
눈이 부셔 바라볼 수가 없다
그래서 그는 구름 낀 하늘을 좋아한다
가을엔 좀처럼 먹구름이 몰려오지 않아서
문풍지 같은 구름 뒤로
오롯이 태양을 볼 수 있기 때문이다
그녀를 만났을 때도 그랬다
눈을 마주치지 못한 그는
커피 잔 너머로만 그녀를 보았다
태양을 볼 수 있음은
그녀를 바라보는 것처럼
옅은 구름의 도움이다, 물론
낮의 절정에도 태양을 볼 수 있지만
치켜 뜬 눈동자가
동공을 확장하기도 전에 감겨버리는 탓에
감미로운 대화를 한다거나,
음식의 맛을 읽어낼 시간이
주어지지 않음은 안타까운 일이다

누구는 말했다
석양을 보면 되잖소
그러나 그 말을 들었을 때 그는
해일 같은 파고로
숨을 쉬어야 했다
석양이 자신을 닮아있었기 때문이다
아직 청춘인 그에게
다가올 내일은
장마철 싹튼 강낭콩 같았다
땅에 뿌리를 두지 못한, 하여
한낮에도 오롯이 태양을 바라볼 수 있는
커피잔 너머로 그녀를 보듯
옅은 구름 낀 하늘을 좋아하게 되었다

# 필요하다면

필요하다면
역행하는 것도 좋겠지
그러나
순행할 수 있는데 구태여
역행할 까닭을 찾지 말았음 좋겠어

세상엔
그러한 것 말고도
슬프고
가슴 아파해야 할 일들이
너무나 많거든,

내일엔
진솔한 사람 만나고 싶다
여기에 주저앉아
이렇게 마감 되어지는
삶이라면,

아직은
미지수로 다가올 미래라 할지라도
나름의
최선을 다하는 모습
보이고 싶다

숱한 별들이
폭풍우 내리치는 다리를 건너
하늘의 동쪽
작은 마을에 어리운다

# 어머니의 여행

이상할 게 뭐 있어
살다보면 떠나고 싶은 때 왜 없겠어
가방 하나 달랑 들고 무작정 떠난 여행
어머니라고 무에 다르시겠어

귀밑에 상강霜降 듬성듬성 오르고
자식들 등살에
허리 꼿꼿한 적 없으셨던 당신
거울 속,
기차 노선표 같은 주름살 보며
울컥 솟는 비애
왜, 당연하지 않겠어

2미터 남짓 평행선이 만나
한 몸이라 생각하며 살아온 세월
살다보면 등을 보일 때가 왜 없으셨겠어
그럴 때마다
접착제가 되어 달라붙는 업業

그렇게 떠난 여정旅程이
바다로 이어지는 이유를 어머니는 아실까
두 줄이 될 수 없는 수평선 위에
자신은 놓고 돌아오는 어머니
결국 그 끝에 집이 있다는 걸 어머니는 아실까
구겨진 지폐를 만지작거리며
매표소 앞을 서성이지는 않았을까?
모든 걸 털어버리겠다고 다짐하듯 나선 길에서조차
어머니는 일상의 한 부분을 가슴에 안고
기차에 오르진 않으셨을까?

정동진 역 벤치에 앉아 도란도란 이야기하는
젊은 연인을 바라보며
숨 가쁘게 달려온 지난날을
바다 속, 투영된 구름처럼
떠올려도 보실까
모래시계 속 소나무 앞에서
이름 모를 누군가에게 카메라를 건네며
어눌한 포즈를 취하고 있으실까
아니, 아니

어쩌면 지금쯤 여정을 끝내고
일상으로 돌아오고 있을지도 몰라
종착역은 한 번도 바뀐 적이 없으니까
아, 오늘일랑 제천역에서 내리셔도 좋으련만…;

# 외출

아내의 몸에는 굼벵이가 살고 있을까
안단테 칸타빌레(andante cantabile)
거울 앞에서 아내가 몸의 부피를 잰다
옷은 한없이 작아지고
몸은 사육 돈豚처럼 비대해진다
터지는 한숨 소리
굼벵이들이 마구 쏟아져 나온다

아내의 몸에는 수많은 굼벵이가 살고 있나 보다 몸을
빠져나온 굼벵이가 거울 속에 들어갔다가, 방바닥을 기
다가, 화장실 앞을 서성이다가 다시 거울 속으로 들어
간다 거울 속에도 집이 있을까 굼벵이의 아늑한 집이
있을까 아내의 몸속에는 온통 불만투성이의 굼벵이가
살고 있을 게다 재생 버튼을 누른 듯 낮은 톤의 넋두리
가 연신 들려오면 굼벵이도 가시를 지니고 있는 듯 내
심장에 박힌다

당신이 이 세상에서 가장 아름답소!
안단테 칸타빌레(andante cantabile)
달콤한 거짓말에도 굼벵이는 쌓여가고
굼벵이 더미에 또, 하루가 갇힌다

# 그 집에 들어서면

그 집에 들어서면
온돌방 아랫목 같은 따스함이 전해온다
군고구마 단내 나는 아주머님 어투가 그렇고
마루 끝 정원엔 잡풀도 화초처럼 자란다

*문씨 집안의 내력이 있는 것도 아닌데
누런 꽃 분홍 꽃 어우러진 목화가
정원 가득 피어있다

그 집에 들어서면 마당보다 넓은 정원이 있다
그 집에 들어서면 하늘보다 넓은 마음이 있다

낮은 담장은 까치발을 떼지 않아도
한길까지 내려다보이고, 아침마다
이파리 위에서 수정처럼 반짝이는 이슬
또옥!
행복이 떨어진다

그 집에 들어서면
목화솜 같은 아주머님 품 그리워진다


* 고려 말 원나라에서 목화씨를 들여온 문익점

# 금강 물고기

낚아 올린 저것은 분명 물고긴데, 등이 굽은 물고기다
눈가엔 허연 이물질
아비도 어미도 닮지 않은 족보 없는 물고기다
레졸시놀 페놀 벙커C유 온몸에 흐르는
생식할 수 없는 물고기다
내시內侍다
내시도 부러운 마지막 황제 부의다

등은 굽고 곪은 입언저리엔
타락한 왕족의 피가 흐른다
재수 옴 붙었네, 하며
낚시꾼이 부여한 새로운 자유조차도
달갑잖은 심약한 물고기다
노트르담의 꼽추
병든 나인內人이다

낚아 올린 저것은 분명 물고긴데
등이 굽은 물고기다
내시다

# 열녀문烈女門을 지나며

지붕이 무너지거나
내가 땅에서 한 발을 떼어도
지구의 무게
지구의 기울기는 변함이 없네

사람들이 해대는 욕설이 공중을 떠돌거나
죽네, 죽네 하면서
차들이 가득 도로를 메워도
여전히 변함이 없네

열녀문 꼭대기에 매달린 수절녀의 전설傳說이
바람이 지날 때마다
삐걱, 삐걱!
소리 내어 운다

길짐승 비를 피해
추녀 밑을 파고들어도
지구의 무게
지구의 기울기는 변함이 없네

# 4부

# 이사

먼 길을 달려온 이삿짐 차가
살림살이를 다 쏟아낼 때까지
아내의 표정은 침착하다
어디 한 곳 흘리고 온 흔적은 없는가
되 뇌이듯 물건 하나하나로
눈을 돌려 보지만
아무것도 기억나지 않는다

- 정情 때문이리라

모든 것을 다 가지고 떠날 수는 없어
버릴 것은 버리고
줄 것은 주고 했지만
추억이 담긴 그릇은 가져오지 못했는가 보다

사람들 분주히 움직이고
빠르게 제자리를 찾아가는 물건들이
아침 햇살에 반짝인다

# 비

골목골목에 어둠이 깔리면서
비의 연주가 시작된다
비를 슬픔이라고 말하는 사람들
게슴츠레한 눈으로
잿빛 하늘을 응시하지만 떨어지는
빗방울 하나 낚아내지 못하고
습기가 묻어나는 창틀위로
비둘기 한 마리 날아와
비의 연주에 맞춰
구구구 노래한다
비는 비일 뿐이라고 노래한다

비를 축복이라고 말하는 연인들
우산속에서 깔깔웃고
내 젖은 어깨 너머로
한 떼의 갈가마귀 비를 피해 날아가면
하늘은 금세
만취한 술꾼처럼 비틀거리고
노상방뇨를 서슴지 않는다
온기가 남아있는 방안은 아직 아늑하다

# 플라타너스

플라타너스 이파리에 맺힌 물방울들
떨어지면서 새벽의 문을 두드린다
근교농近郊農엔 일찍부터 삶을 가꾸는 손놀림
벅찬 가슴에 마디가 저려오고
밑동 잘린 플라타너스
비스듬히 누워 세상 엿본다
누워서 바라보는 세상도 누워있다

나무도 물을 마셔야 한다는 걸
나무도 숨을 쉬어야 한다는 걸
주장이라도 하듯,
바람의 언어로 잎들이 수런거린다
목마르지 않은 너희는 몰라
숨 쉬고 있는 너희는 몰라
떨어진 물방울들
근부根部에 닿기도 전에 빠르게 사라진다

# 강江

금강 상류 내 살던 마을에선
강이 숨을 쉰다고 했다
강이 아침 일찍 일어나
소리를 지른다고 했다
소백산 줄기마다 쏟아져 내린 물이
산을 담고
집을 담고
인정을 담아 흐른다고 했다
천리 길 그 먼 길을
산과 어깨동무하고
들을 풍성지게 하고
신명난 놀음 한판 벌인 후에
제 고향 바다에 든다고 했다

집집마다 독을 뿜고
논논마다 독을 치고
나 하나쯤 괜찮아
나 하나쯤 어쩌겠어
공장마다 독을 쏟고
마을마다 독을 풀고
나 하나쯤 괜찮아
나 하나쯤 어쩌겠어
마구마구 독을 쏟아낸다

소리치던 강이
만만년 흐르려던 강이
소리를 멈추고
흐름을 멈추고
돌마다 바닥마다 독을 쌓아간다
자꾸 눈 감고 쉬려한다
흐름을 멈추려 한다

# 개미탑

황토색 원뿔의 산
자칫하면 굴러떨어져
산 아래 바위로 박힐 것 같이
가파르다 한눈을 팔기에는
초행길을 가는 것처럼 불안하다
정상의 향해 끝없이 이어지는
개미들의 행렬
가는 허리 더 가늘게 조이며
그 작은 몸집으로
바벨탑의 신화를 이루기 위한
비록 헛된 욕심으로 빚어낸
예술 작품일지라도
낙엽송 거친 표면을 갉아
마침내 새 영토를 정복하는 무리
황톳빛 포만감에 젖을
여유도 시간도 가지지 못한
바벨의 후손이여

# 하늘길


하늘에도 길이 있을까
구름을 헤집으며 햇살이 나오는 것을 보면
우리가 모르는 길이 있는 것일까

멀리,
솔개 한 마리
하늘을 날고 있다
포크레인처럼
불도저처럼
하늘에 길을 내고 있다

# 몽타주

어둠이 아니라면 기억할 수 있겠소
글쎄요
눈을 감고 기억을 더듬어 보시오
아무것도 생각나지 않습니다
무슨 옷을 입고 있었죠
검은 줄무늬 스웨터 같기도 하고
자! 코부터 시작해 봅시다 크던가요 작던가요
컸던 것 같기도 하고 아닌 것 같기도 하고,

누군가의 얼굴을 기억할 수 있다는 건
낯익은 얼굴 닮은 닮은꼴이거나
그리스 신화 속 등장인물이어야 하리
새벽 꿈속에서 만난 옛 여인이거나
목숨을 앗으려는 공포가 있어야 하리
전생에 부부로 살았던 연이거나
죽어서도 잊지 못할 사랑이어야 하리
집문서, 전답 문서 모두 가져간
꿈속에 되살아날 아픔 남긴 부르주아
모랄 계급의 모난 아들이어야 하리
고소공포증에 시달리는 여인의

자살 현장에 뿌려진 선혈이거나
목숨을 빼앗기고도 살덩이 죽죽 발기는
돈사豚舍의 울음소리, 떠도는 부유浮游여야 하리

# 까치

문명의 아침을 여는 새여!
저녁부터 새벽까지
가로등 불빛을 쪼며 노래하는 새여!
손님이 와요
반가운 손님이 온다구요
공해의 덫을 피해 모두 떠난 자리
전깃줄마저도 땅에 묻히고
아파트 옥상이나
슬레이트 지붕 위에서
밤을 보내다
경적소리에 놀라
푸드득 날아오르는
문명의 아침에 익숙한 새여
공해에 찌든 도시를
상쾌한 아침으로 바꾸는 바람
구름을 몰아가는
노래하는 새여!
동트는 아침을 노래하는 새여!
고뇌하는 새여!

# 문을 열면

문을 열면,
밤새 어둠을 질러온 바람 소리
만복슈퍼 셔터 올리는 소리
이슬 털어 내는 플라타나스의 몸 흔드는 소리
들려온다

문을 열면
세상의 추한 것들
모아가는
청소차의 쓰레기 수거하는 소리
들려온다

문을 열면,
이슬처럼 투명해지는 마음
내내 닫혀있던 우울憂鬱이
새처럼 비상한다

# 열매를 꿈꾸며

잎 푸른 나뭇가지에
커가는 열매처럼 내 마음
성숙할 수 있는 용기를 지니게 하소서
새벽 기차 기적소리에
아득히 밀리어 오는
향토 빛 짙은 여운을
가슴 가득 품어 안은 채
오는 계절을 맞이하고 싶습니다

가을엔
가질 수 있는 만큼만 가지게 하소서
넉넉함으로 욕심을 줄이고
새의 날개짓으로도 펄럭이는 하늘
입가에 번지는 엷은 미소로 사람들을
대하게 하소서

태어남은 또 다른 슬픔을 만드는 것이라는
염세주의자의 혀끝에 결실의 단맛을 느끼게 하시고
열매는 새 생명을 위한 준비임을 다시금
일깨우게 하소서

열정은 쉬이 사라지고 말아
천년 애틋함도 증오인 듯 변해가고
하루살이의 내일처럼 무너지는
아무도 증거할 수 없는 시간들
당신의 품 안에서 거듭나는
가을이게 하소서

# 자개농籠 유감

어머니 시집올 때 해오신 것이란다
떨어져 나갈 것은 다 떨어져 나가고
남아있는 이음새가 소리를 낸다
버린다 버린다하면서
마음까지는 버리지 못하신 것일까
이사할 때마다 눈빛을 놓지 않으시던 어머니
골동품상의 후한 값 매김도
당신의 마음을 바꿔놓진 못한다

-그깟 것 버리구랴. 새것으로 사주리다

이엉 아래서
슬레이트 지붕 아래서
둔탁한 벽돌들의 마찰음이
새로운 보금자리를 만들어갈 때도
묵묵히 집안 한구석을 지켜온
자개농 하나,
어머니 이마에 난 주름만큼이나
깊은 골이 패였다

# 낙타의 후예後裔

소음을 짚단처럼 매단 오토바이가
도심을 가로지른다, 사내는
창문 너머로 구름이 갈라놓은 하늘을 본다
반려동물의 몽환夢幻 같은 저녁놀이
아파트 동과 동 사이에 걸쳐있다
사내가 마른기침을 하자,
노을이 물결처럼 출렁인다

얼마 전 백내장 수술을 한 사내
뻑뻑한 눈동자를 굴리며
아직 명확하지 않은 초점으로
멀어지는 오토바이 번호판을 낚아보지만
쉽게 잡혀오지 않는다

정하지 않은 목적지로 향하다가
말없이 주저앉아버린 길 위에서
허기진 욕망을 불태우던 수많은 날들이
영역을 키워가는 가로등 아래서
끝없이 무자맥질하고,
흐릿한 내일을 끌어오려는 듯
사내는 인공눈물을 넣는다

# 나는 야행성夜行性이다

야근하는 날은 무엇이든 먹고 싶다
먹기 싫은 콩자반도 먹고 싶고
만리성萬里城 자장면도 먹고 싶고
따끈한 녹차 한 잔 마시고 싶다
허기도 아닌
그리움도 아닌
야행성 동물의 본능인가
야근하는 날은
무엇이든 먹고 싶어진다

동굴 속 암호처럼
걸 맞는 주문呪文을 하지 못해
열릴 듯 닫히는 눈동자
세발자전거 탄 아이가
반쯤 열린 문을 밀고 들어오면
잠은 한동안 멀리 달아난다
퇴근 길,
쓴 소주 한 잔을 들이키고야
실타래 풀리듯 풀리는 속을
아내가 다시 긁는다

나는 야행성이다
다리 사이에 적을 감지하는 촉수를
운명처럼 달고 다니는
야행성 척추동물이다
야근하는 날은
철저한 야행성 동물이 된다

# 나는 때로 내 기억의 AS를 받고 싶다

동창회에서 만난 그의 얼굴이 생경하다
누구더라?
저 밑 추억의 우물 속에서
그에 대한 기억을 퍼 올릴 두레박 올라오지 못한다
이럴 때면 나는 내 기억의 AS를 받고 싶다
먹을 것엔 관심 없는 아이가
햄버거 세트 사면서 받은 장난감 자동차를
하루 이상 가지고 놀지 못하고
모두 한쪽 구석에 팽개쳐 버린다
바퀴가 떨어져 나가고
지붕이 떨어져 나가고
모서리 한 부분이 파손되어진다
우리도 그처럼 시들해지는 것일까?
아이가 가지고 놀던 장난감을 던져 버리고
새로운 장난감에 눈을 돌리듯
관심 밖으로 밀려나는 오늘에 대하여
구겨진 종잇장 같은 일상에 대하여
나는 때로 최상의 AS를 받고 싶다
나, 모르겠어?

빛바랜 사진 한 장 꺼내든 생경한 그가
일일이 사진 속 배경을 설명하지 않아도
저 밑 우물 속에서
추억의 두레박을 길어 올릴 수 있도록
나는 때로 내 기억의 AS를 받고 싶다

# 낙타의 후예後裔·1

    도시 한복판에 사막을 횡단해 온 낙타 한 마리 누워 있다 거대한 콘크리트더미 속에서 마른 목을 비틀며 가쁜 숨 몰아쉬는 낙타 한 마리 아스팔트를 모래인 양 핥고 있다

    굳게 닫힌 공장 철문은 터진 물주머니처럼 황량하다 남편은 지하도 언덕에 자리를 잡았을까? 못 본 지 달포 남짓하다 아기를 등에 업은 여자의 등에서 아기 울음소리 연신 땅바닥으로 굴러떨어진다 더 이상 연기가 피어오르지 않는 공장 굴뚝 너머로 낙타의 굽은 등 같은 하루해가 지고 있다

    한 달 전, 늙은 오후의 태양을 들이마시며 진화 과정도 거치지 못한 낙타가 공장 굴뚝을 타고 올라간 후, 여자는 목청 높여 오아시스는 없다고 소리치다 낙타가 버리고 간 빈 소주병을 깠다 취하지 않는 허기가 여자에게서 아이에게로 전해진다

    깨진 소주병에 찔린 생채기에 검붉은 미래가 도로를 물들인다 아기의 울음을 삼킨 도로 위로 한 대의 구급차가 경광등을 깜빡이며 달려온다 페인트칠이 벗겨진 철문 사이로 낙타가 남긴 상흔傷痕을 싣고 구급차가 빠르게 도로를 질주하고, 여자는 아이에게 마른 젖을 물리며 낙타가 남긴 노을 끝자락을 붙잡고 있다

5부

# 눈 떼지 말아요

그대여, 눈을 떼지 말아요
한순간 우린 사라지고 말아
함께 한 아름다운 날들은
기약할 수 없는 시간 속으로 흘러가고 말지니
꿈이란 현실의 닮은 꼴
깨어날 희망이 있으므로
밤의 고요는 길지 않습니다
땅끝에서 올라오는 냉기는
당신의 손발을 마비시키고
백열등처럼 반짝이던 생명의 빛은
침대 밑에 굴러떨어져
겨울밤 바람처럼 거리를 뒹굴다가
빛에 떠밀려 사라지듯이
그대여 잠시 잠깐이라도
눈 떼지 말아요
언 손을 녹이고
생명을 갈구하는 몸의 변화가
당신의 창백한 이마 위에
화려한 잎새 하나 그려 넣기까지는
그대여! 제발
삶에서 눈 떼지 말아요

# 나무의 사계四季


나무의 새싹 돋아나는 소리 들어봤나요?
이른 봄 두릅나무 숲속,
햇살이 희롱하면 저도 모르게
쏙! 쏙! 쏙!
고개 내밀지요

나무의 사랑 나누는 소리 들어봤나요?
성하盛夏 전나무 숲속,
악수하듯 내미는 가지들 엉겨 붙어
삭! 삭! 삭!
정情을 나누지요

나무의 웃음소리 들어봤나요?
갈 들녘 끝 상수리나무 숲속,
바람이 겨드랑이를 간질이고 지나가면
톡! 톡! 톡!
소리 내어 웃지요

나무의 울음소리 들어봤나요?
임도 끝 낙엽송 숲속,
벌목꾼들의 전기톱 소리 들려오면
벌! 벌! 벌!
소리 내어 울지요

새봄, 새싹 돋아나는 소리 들어보세요
이른 봄 두릅나무 숲속,
햇살이 희롱하면 저도 모르게
쏙! 쏙! 쏙!
또, 고개 내밀겠지요

# 유리 언어言語

말은 사람을 닮아간다는데
말이 거칠다는 것은
삶이 거칠다는 것일까

유리창을 사이에 두고 오가는 말이
부드럽지 못한 것은
유리가 지닌 차가움 때문일까

가끔은
토해내고 싶은 말들이
울컥울컥 솟을 때가 있다

세상에 소리치고 싶은 것들
도장을 눌러 찍듯이
켜켜이 가슴에 쌓여간다

# 우기雨期

달포째 계속되는 빗줄기로
은행 앞 노점상엔
싹튼 강낭콩이
태양의 기운을 품은 듯
뿌리가 자라는 만큼 말라간다

저기압 안에서는 무엇이든 외로운가
책꽂이의 책도
발코니의 난蘭화분도
액자 속 바닷가의 추억도
비구름을 품은 하늘처럼 젖어있다

바람이 일 때마다 이팝나무는
몸을 흔들어 잎의 물기를 털어 내고
차들의 행렬에 맞춰
골목 앞 검둥개는
따라갈 듯 공중에 몸을 날린다

# 굴다리를 지나며

외천마을 드는 길은
차 한 대 지나는 폭의
굴다리를 통해야 한다
머물기엔 통로가 너무 좁아
걸인의 잠자리가 되지도 못한다
간혹, 풀벌레 울음소리와
고속도로 위 자동차 질주하는 소리
어울려 춤을 추기도 하고
바람이 휘파람을 불며
유혹의 말들을 늘어놓기도 하지만
외천마을의 아침은 조용하다
국도를 끼고 러브호텔이 줄줄이 들어서고
시내에서나 볼 수 있는 커피숍이
휘황찬란한 불빛을 흘려도
외천마을은 늘 한유閑裕롭다
외천마을 굴다리는
차안과 피안의 경계인가
섞일 수 없는 물과 기름처럼
층을 이루고 있다

고속도로 위 자동차들
영원을 향해가는 시간처럼
빠르게 지나가고
외천마을 굴다리엔
영혼조차 머물지 못한다

# 눈 내리는 날에

눈은 내 마음 어딘 듯
온통 흔들어 놓았다
멍멍개의 가슴에도
아이들의 얼굴에도
그렇게 와 닿았다
눈은 내리고
갈 길 멀어도
눈을 탓하는 사람은 없었다
오늘도 길가에 눈이 내리고
들에 가슴에
쌓이도록 쌓이었다

# 상엿집

귀신이 나온다고 했다
비가 오지 않는 날도
바람이 불지 않는 날도
이슬방울 데구루루 구르기 전까지
귀신이 다닌다고 했다
사용한 흔적조차 가물가물한
고물상 끝자락에서나 밟힐 것 같은
금간 무문無紋토기처럼
반쯤 허물어진 상엿집,
아이들은 언제나 멀리서 바라보다 사라지고
남의 것인 양
제 것은 아닌 양 했던 사람들 안고
한 치는 족히 떨어져 지나온 길
개굴창 끝나는 곳의 상엿집이
서럽게 푸르다

# 다리 위에서

다리 위에서
흘러오는 물
흘러가는 물
바라보며
구분 지을 수 없는 획을
눈빛으로 긋고 있네

살아있음의 순간을
확인이나 하려는 듯
강물 위에 돌을 던지면
포물선을 그리며
돌아 나가는 물결
아물지 않은 가슴의 상처만
어루만지다 사라지네

은은한 강물 소리
미끼를 꿰지 않은 낚시에도
간혹,
미온이 전해지고
갈 곳 모르는 구름
진리인 듯
햇빛을 좇고 있네

강물 위에는
또 다른 내가
홀로이 나를 바라보고
서 있네

# 도시의 해변에서

비가 내리고
버려진 깡통 속에서 부패한 무엇이 흘러나왔다
사내는 주춤 발길을 멈춘다
거리마다 쓰레기더미
가래가 끓듯 부풀어 올랐다 꺼졌다 한다
깊은 바다속 고요를 즐기다가
빛을 따라 올라온 해조류 밀물에 떠온다
떠밀려온 해조류
모래벌에 어제처럼 눕는다
도시에 비가 내리고
사내는 해변을 걷고 있다
막다른 골목과도 같은 미래가
펼쳐지는 도시의 해변가에서
모두들 지쳐 잠들었는가
구름도 아니고 우영雨影도 아닌 것
그물처럼 엉켜
유리창에 욕정의 흔적을 남긴다
일어날 때를 아는 자들은
깨어나는 의식을 의식하면서
좀체 인정하려 들지 않는다

비가 내리고
어둠에 잠긴 해안의 도시에서
사내가 허리 굽혀
버려진 양심 하나를 주워 담는다

# 벚나무 아래서


새로 난 우회도로를 따라 걸으며
아직 채 마르지 않은 아스팔트 위를
꽃비를 맞으며 걷고 있네


네 모습 닮은 꽃잎 밟으며
다정했던 그 날 오후를 떠올리면
가슴 한구석 싸 해오는 그리움


추억한다는 것은
그리운 이에 대한 아름다운 경의敬意
이를 위해 나는
진지했던 그 날 오후의 표정을 창공에 띄워보네


새로운 이미지로 떨어져 쌓이는
너의 고운 숨결을 들으며
접고 접은 마음을
하나둘 조심조심 열어보네

# 내린천內麟川을 지나며

물소리조차 하늘을 닮았구나!
산을 기둥 삼아 내려온 하늘
제 모습 강물에 비춰본다
굽이굽이 돌아가는 길
단목령壇木嶺 발원한 물이
옹기종기 동리洞里를 엮으면
혈血을 두고 정情이 흘러
씻지 않아도 씻은 듯
닦지 않아도 닦은 듯
심성心性 고운 사람들을 만난다

내면內面과 기린면麒麟面을 잇는 물줄기가
말발굽 소리 같다
백두대간을 호령하듯
아-아!
반만년 민족의 정기
원류原流 속에 감추었던 꿈
합강정合江亭을 지니
소양강 수면 위로
부레옥잠 떠오른다

# 비가 悲歌

우리의 인연이 명왕성에 닿거나
지구 중심부를 향해 있어 숨 막히는 추락을 계속할지라도
그건 모두 모래성을 쌓아가는 것과 같아
일순간 허공에 날리는 모래바람이거나
땅바닥에 흩어져 존재의 역사조차 확인할 수 없는
희미한 기억 속으로 사라져 버리고 말리니
아무리 진지한 표정을 지어도
불안감을 떨쳐버릴 수는 없어
쌓아도 쌓아도 무너져 내리는 사막의 모래성아!
몸은 하나인데, 마음은 현란한 빛처럼 뻗쳐 있어
어떤 것도 원점을 찾아오지 못하네

너무도 애틋한 마음이었기에
손을 잡는 것도 두려워
말을 건네는 것조차도 실망의 빛이 될까 염려해
날마다 졸이던 가슴인데,
언어의 꿈, 방랑도
그대 앞에선 나뭇잎처럼 퇴색해버리고
봄은 폭포수 쏟아지듯 지나갔어요

5월, 아카시아 향기 온 마을을 덮던 날,
그대와 했던 약속은 아직 잊지 않고 있는데
또 다른 향기가 그대를 감싸고 있어
나는 다가서지 못하고
나의 사랑은 지쳐있네

# 오아시스를 찾아서

공단 네거리 모퉁이에
사막을 횡단해 온 낙타 한 마리 앉아있다
거대한 콘크리트더미 속에서
마른 목 비틀대며 가쁜 숨 몰아쉬는 낙타 한 마리
아스팔트를 모래인 양 핥고 있다
굳게 닫힌 공장 철문은 텅 빈 물주머니처럼 황량하다
남편은 지하도 한쪽에 자리를 잡았을까
못 본 지 한 달 남짓하다
낙타의 등에서 허기에 지친 슬픔 하나 잠들었다
더 이상 연기가 피오르지 않는
공장 굴뚝 너머로 아이의 울음 같은 긴 하루해가 지고
있다
한 달 전, 오후의 태양을 들이마시며
감정의 진화 과정도 거치지 못한 낙타를 향해
오아시스는 없다고 소리치던 남편은
석양을 소주병에 담아
이 사막의 지하속으로 들어갔다
낙타의 굽은 등에 난 생채기가
아물지 않고 피를 토하는 저녁,
낙타는 두 눈을 굴리며 한참이나

굳게 닫힌 공장 철문을 바라보다 돌아선다
페인트칠이 벗겨져 나간
공원 벤치가 낙타의 상흔傷痕처럼 깊다
낙타는 의자에 앉아 아이에게 젖을 물린다
낙타의 그렁그렁한 눈에서 눈물이 아이의 얼굴 위로
떨어진다
아이가 급히 젖을 빨다가 헤벌쭉이 웃는다
낙타가 따라 웃는다, 아이의
얼굴에서 낙타는 사막의 오아시스를 발견한 것일까

# 어느 늦은 저녁의 풍경風景

1

국방색 모자를 쓴 노인이
폐지가 가득 쌓인 리어카를 끌고
굽어진 허리만큼 기운
하루의 끝에서
신호등도 없는 도로를
위태하게 건너고 있다
아직도 부양할 누가
기다리고 있는 것일까?

2

언덕에 다다른 노인이
허리춤에서
반쯤 피우다 만 담배꽁초를 꺼내 입에 문다
쉽게 불붙여지던 지난날들은
언덕길에서 하나둘 떨어져 나가고
아쉽고 아픈 것들만 남아
가슴을 흔든다

3

그리운 사람들
머물다 떠난 자리
점멸의 아픔을 간직한
고물상 입구 가로등 불빛 아래
밤을 지새우려는
들고양이 몇 마리 모여든다
음악을 쿵쿵 울려대며
빨간 스포츠카가 쌩 지나가자
애써 모은 신문 폐지가 날아가고
보이지 않을 만큼
리어카 바퀴가 솟아오른다
삶의 무게도 이처럼 가벼웠으면…,

# 숨바꼭질

정오,
달팽이가 아이들을 집어삼키고 있다
하나, 둘, 셋, 넷…,
햇살의 동굴 속으로
숨어든다

해거름,
달팽이가 느릿느릿 아이들을 풀어놓는다

시평詩評

　재채기하는 순간을 '하늘이 프레스 기계처럼 내려왔다 올라갔다'고 표현한 것처럼 곳곳에 뛰어난 시각과 시적 표현이 숨어있었다. 일상의 한 순간을 포착하여 그것을 물질화한 이미지로 변용시키는 솜씨가 믿을만했다. 물론 그 안에 들어있는 따뜻한 삶의 모습도 신인상으로 뽑히는데 기여한 바 크다. 다만 고답적인 분위기를 벗어나지 못한 부분과 다소 주관성에 기울어져 있어 이미지를 명료하게 전달하지 못하는 것이 약간의 흠으로 남았다. **_청주문학**

　문학은 자기 삶의 고백이며 기록일 수밖에 없다. '어머니 가슴에 박혀있는 나무못' 같은 혹은 시인의 가슴에 박혀있는 나무못 같은 것이 시가 되고 시인의 심경이 될 것이다. 마치 '그리운 사람 찾아나서는 설레는 마음'과 그런저런 '콩알만 한 가슴'이야말로 시가 되고 시인의 마음이 될 것이다. 어느 한적한 곳을 '바람이 지날 때마다 삐걱삐걱 소리내어 우는' 그 울음이 시의 울림이며 시인의 울림이 될 수밖에 없을 것이다. **_동해문학**

　여러 시편들에서 삶을 바라보는 정감의 시선이 따뜻하게 느껴진다. 단정한 문장 못지않게 함축이 정확하고 길어 올리는 비유의 분량도 일정하다. 다만 그것이 한 단계 높은 개성으로 상승하려면 다 채운 물도 쏟아버리려는 일탈이 때로 필요하지 않을까. **_충청일보**